5/06

Oso en bicicleta,
va feliz y muy bien.
Dime Oso, ¿a dónde vas?
Pues yo quiero ir también.

OSO EN BICICLETA

Escrito por Stella Blackstone
Ilustrado por Debbie Harter

Barefoot Books
Celebrating Art and Story

Al mercado me dirijo,
donde venden frutas deliciosas,
donde se compran naranjas
y flores maravillosas.

Oso en una balsa,
va feliz y muy bien.
Dime Oso, ¿a dónde vas?
Pues yo quiero ir también.

Al bosque me dirijo,
donde los zorros aúllan,
donde juegan los mapaches
y los búhos ululan.

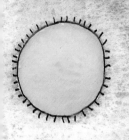

Oso en una carreta,
va feliz y muy bien.
Dime Oso, ¿a dónde vas?
Pues yo quiero ir también.

A la pradera me dirijo,
donde los búfalos salvajes pasean,
donde las marmotas hacen sus
madrigueras y las graciosas águilas planean.

Oso en una locomotora,
va feliz y muy bien.
Dime Oso, ¿a dónde vas?
Pues yo quiero ir también.

A la playa me dirijo,
donde los niños retozan,
donde los peces pasan veloces
y los amigos nadan y gozan.

Oso en un barco,
va feliz y muy bien.
Dime Oso, ¿a dónde vas?
Pues yo quiero ir también.

A una isla me dirijo,
donde hay garzas y conejos,
donde crecen frutas fabulosas
y el sol brilla a lo lejos.

Oso en un globo,
va feliz y muy de bien.
Dime Oso, ¿a dónde vas?
Pues yo quiero ir también.

Al arco iris me dirijo,
donde el cielo se colorea,
donde las nubes se vuelven lluvia
y las aves aletean.

Oso en un carruaje,
va feliz y muy bien.
Dime Oso, ¿a dónde vas?
Pues yo quiero ir también.

A un castillo me dirijo,
donde la noche se torna día,
donde príncipes y princesas bailan,
y los músicos ofrecen su melodía.

Oso en un cohete,
entre las estrellas te veo.
Dondequiera que vayas, Oso,
buenas noches te deseo.

Barefoot Books
3 Bow Street, 3rd Floor
Cambridge, MA 02138

Copyright del texto © 1998 por Stella Blackstone
Traducción de Esther Sarfatti
Copyright de las ilustraciones © 1998 por Debbie Harter
Se reconocen los derechos de Stella Blackstone como autora de esta
obra y de Debbie Harter como ilustradora.

Diseño gráfico de Jennie Hoare, Inglaterra
Separación de colores de Unifoto, Ciudad del Cabo
Impreso y encuadernado en Singapur por Tien Wah Press (Pte) Ltd.

Este libro está impreso en papel 100% libre de ácido.

3 5 7 9 8 6 4

Blackstone, Stella
Oso en bicicleta / escrito por Stella Blackstone ; ilustrado por
Debbie Harter ; traducido por Esther Sarfatti.
1st Spanish ed.
[24]p. col. ill. ; cm
Originally published as: Bear on a Bike, 1998
Summary: Learn about different modes of transportation with
a big friendly bear as he travels by bicycle, aboard a raft and
even in a hot air balloon. An upbeat rhyming text and daz-
zling illustrations bring bear's adventures and the wonderful
places and animals he sees to life.
ISBN: 1-84148-775-9
1. Transportation _ Fiction. 2. Bears _ Fiction. 3. Stories in
Rhyme. I. Harter, Debbie, ill. II. Title
[E]_dc21   2003 AC   CIP